LA CRISE

ET

LE SALUT

LETTRES A UN AMI

> Tout pour et par le peuple.

PARIS
AMYOT, LIBRAIRE-ÉDITEUR
8, rue de la Paix

1872

LA CRISE

ET

LE SALUT

LA CRISE ET LE SALUT

22 juillet 1871.

Mon cher ami,

Nous ne savons malheureusement jamais en France d'une manière bien précise où nous allons et nous ne le savons pas, parce que nous ne voulons pas le savoir. Nous perdons presque toujours notre temps en récriminations stériles sur les faits accomplis, chacun avec l'unique pensée d'y trouver des arguments en faveur du parti dans lequel il s'est rangé, sans se préoccuper des avantages ou des inconvénients qui en résultent pour les intérêts généraux du pays. Le temps s'écoule ainsi, l'heure des échéances arrive, et alors, pris au dépourvu, comme ces débiteurs insolvables, nous nous trouvons dans la nécessité de recourir à des expédients toujours plus ou moins habiles, parfois plus ou moins blâmables. C'est ainsi que l'esprit de parti engendre fatalement le parti pris, nous enlevant toute impartialité, toute hauteur de vue, nous faisant oublier les véritables principes qui doivent nous régir et qui seuls peuvent être notre sauvegarde.

Notre histoire depuis quatre-vingts ans ne le prouve que trop. Nos oscillations perpétuelles entre les systèmes les plus opposés, nos révolutions périodiques causent parmi nous des perturbations morales si complètes que nous n'en sommes jamais complètement remis lorsque de nouvelles secousses viennent nous atteindre.

Sous ce rapport les évènements des derniers mois ont amené un trouble profond dont les effets, il est à craindre, se feront sentir pendant longtemps encore. A une révolution accomplie sous les yeux mêmes de l'ennemi succède une usurpation qui, s'intitulant avec orgueil le gouvernement de la Défense nationale, ne sut que désorganiser le pays et désagréger nos forces. La capitulation de Paris malgré le *plan* du général Trochu, la conclusion d'une paix désastreuse que l'Assemblée de Bordeaux fut forcée de signer, telles furent les conséquences de ce gouvernement que nous avons supporté durant six mois. Mais ce n'est pas tout.

Une fois arrivés au pouvoir, ces usurpateurs furent au 31 octobre et au 22 janvier sur le point d'être envahis à leur tour par ceux là même qui les avaient aidés dans leur usurpation et qu'ils avaient armés de chassepots. Ils récoltaient ainsi ce qu'ils avaient semé et il fallait s'y attendre. Après avoir vu ses chefs triompher et se partager les places, il était certain que la masse des émeutiers voudrait arriver et jouir elle aussi. La route était toute tracée et Belleville au 18 Mars donna le signal. La Commune est proclamée, le Comité central de la garde nationale terrorise Paris et le Comité de salut public, mettant en pratique cette phrase que M. Jules Simon avait eu l'imprudence d'écrire : « Mieux vaut être Moscou que Sedan » jette le pétrole et promène ses torches incendiaires sur les monuments de Paris, que les obus prussiens eux-mêmes n'avaient pu atteindre. Mais cette fois, heureusement pour la France et pour l'Europe, nous avions un pouvoir légal, l'Assemblée, qui ne fut pas envahi par l'émeute ; nous avions une armée disciplinée qui fit héroïquement son devoir.

De semblables évènements accomplis ainsi coup sur coup démoralisent profondément un pays, mais peut-être aussi par l'excès même des malheurs sont-ils susceptibles d'amener un heureux résultat. Les cruelles épreuves par lesquelles nous venons de passer, ont été assez fortes et assez douloureuses pour que nous ayons acquis, si toutefois nous devons l'avoir jamais, une expérience, qui nous a fait défaut jusqu'à ce jour. Sommes-nous plus corrigés aujourd'hui qu'hier ? Avons-nous moins de passion et plus de raison ?

Les partis en un mot ont-ils désarmé au nom de l'intérêt général et chacun est-il bien résolu à se soumettre à la volonté clairement exprimée de la majorité ?

Je voudrais, mon cher ami, qu'il en fût ainsi, car au moins on pourrait entrevoir la fin de nos incertitudes et de nos malheurs, mais je n'ose pas trop l'espérer. Les discussions de l'Assemblée, le langage des différents journaux, la vivacité irréfléchie des luttes électorales montrent que les passions politiques sont plus éveillées que jamais. Dans chaque camp on se surveille, on s'attaque, on se défend.

Les élections du 8 février donnant la majorité aux légitimistes, celles du 2 juillet, favorisant les républicains, ont encore singulièrement compliqué cette situation que la politique d'équilibriste suivie par M. Thiers sera peut-être, je le crains, impuissante à maintenir.

Quelques-uns d'entre nous, je le sais, verront dans tous ces votes si contradictoires la condamnation du suffrage universel. Ils prétendront que le peuple n'est pas assez éclairé pour user d'un droit aussi enorme. Ils voudront rétablir des catégories parmi les citoyens et reconstituer ce *pays légal* qui représentait si mal sous la monarchie de Juillet les vœux de la nation, qu'au moindre souffle populaire le gouvernement de Louis-Philippe tomba le 24 février. D'autres, niant absolument le droit du peuple, veulent le retour pur et simple à la monarchie de droit divin. D'autres enfin, violant audacieusement le principe même sur lequel doit de toute nécessité reposer le gouvernement qu'ils veulent fonder, proclament la République au-dessus du suffrage universel, prétendant établir de la sorte une façon de république de droit divin. Ces différentes opinions sont énergiquement défendues et chacun des partis en présence s'y cramponne avec ardeur, parce qu'il croit y voir le triomphe plus certain de ses idées, obéissant ainsi à un sentiment mesquin et personnel qui tend à dénaturer les principes sur lesquels repose la société moderne.

La vieille société française disparut en 1789 et sur ses ruines un peuple nouveau a surgi. A ce peuple nouveau il fallait de nouveaux emblèmes, de nouvelles lois et de nouveaux principes. Au drapeau blanc succède le drapeau tricolore. Aux vieilles coutumes si divergentes des provinces succède le Code Napoléon, appliquant pour tous et partout les mêmes lois. Au droit divin, dogme de l'ancienne monarchie, succède le droit populaire, dogme de la France nouvelle.

Cet héritage que nos pères nous ont légué, nous devons le conserver précieusement et, de même que nous ne voulons ni reprendre l'antique drapeau, ni revenir aux coutumes surannées, de même nous devons faire tous nos efforts pour maintenir intact et respecté le droit populaire, si on osait y porter atteinte. C'est seulement à cette condition que nous pouvons espérer sortir des difficultés de l'heure présente et en sortir sans éprouver de ces secousses qui ne feraient qu'affaiblir davantage encore notre malheureux pays.

C'est à défendre ces principes, à les exposer clairement, à en faire comprendre l'étendue et la nécessité qu'il convient, je crois, de s'attacher pour le moment, et alors, quand chacun sera bien pénétré de cette idée qu'il ne faut pas y toucher si l'on ne veut en même temps saper les bases de la société tout entière, nous serons bien près, je pense, d'avoir réalisé le gros problème de notre réorganisation et de la constitution de notre gouvernement définitif.

---

30 juillet 1871.

Mon cher ami,

Je ne me dissimule pas qu'en posant ici la question de savoir si l'Assemblée actuelle est ou n'est pas constituante, j'aborde un terrain brûlant. Aussi éviterai-je avec soin tout ce qui pourrait être considéré comme une attaque à l'endroit de tel ou tel parti quel qu'il soit. Je ne m'arrêterai pas à discuter les actes de l'Assemblée et je ne rechercherai pas davantage si l'attitude qu'elle a eue n'est pas un peu la cause de l'impossibilité dans laquelle elle se trouve aujourd'hui de prendre un caractère qu'elle n'avait évidemment pas à son origine, mais qu'à une certaine époque elle aurait peut-être pu se donner, tant le pays lui était reconnaissant d'avoir été par elle délivré de la dictature du 4 septembre. En un mot, sans approuver à l'aveugle tout ce que fait le gouvernement que nous possédons, je tiens avant tout à établir bien nettement que je le considère comme le pouvoir légal du pays jusqu'à ce que les événements nous permettent enfin de sortir du provisoire.

Paris, après quatre mois de résistance rendus inutiles par l'incapacité et les fautes du gouvernement de la Défense nationale, venait de capituler. On dut alors recourir à des élections, déjà deux fois ajournées, et d'où seules pouvait sortir pour la France, sinon le salut, du moins un effondrement moins complet. Nous étions tous, au commencement de février dernier, trop préoccupés et trop attristés par les désastres qui s'étaient accumulés sans interruption pour que la politique pût un instant arrêter nos esprits.

D'un côté, le gouvernement de Paris par sa capitulation demandait implicitement la paix; de l'autre, la délégation de Bordeaux poussait à la guerre à outrance. Entre ces deux alternatives, il fallait choisir la moins funeste pour le pays. Telle était la pensée de tous sans exception de rechercher s'il valait mieux nommer des partisans de la paix ou des adeptes de la guerre jusqu'à complet épuisement. Partout la question était ainsi posée; on tenait peu de compte du drapeau que chaque candidat représentait.

D'ailleurs, quand même on en aurait eu la volonté et le courage, comment aurait-on eu le temps de faire de la politique? Jusqu'au 28 janvier chacun ne songeait qu'à la guerre et aux malheurs de l'invasion sans que jamais, il faut le dire à la louange des monarchistes, ils aient pensé aux intérêts de leur parti. Tout-à-coup la nouvelle de l'armistice éclate comme un coup de foudre. On apprend, sans y être préparé, que les électeurs sont convoqués pour le 8 février et dans quelles conditions en est-on averti ?

Un décret est rendu à Paris, décret que la province ne connait que par ouï-dire, tandis qu'un autre décret, daté de Bordeaux, vient jeter le trouble et le doute dans les esprits, à tel point que dans bien des communes on pensait que les élections n'auraient pas lieu. Beaucoup d'électeurs sous les drapeaux, mobiles et mobilisés, loin de chez eux, ignoraient d'une façon absolue ce qui se passait dans leur département. La période électorale comptait dix jours à peine, c'est-à-dire un temps tout-à-fait insuffisant pour se recueillir et se prononcer sur les grosses questions constitutionnelles.

C'est dans de semblables conditions que le scrutin s'est ouvert, et l'on veut qu'au milieu de la désorganisation effroyable qui nous paralysait, au milieu des tristesses profondes qui nous oppressaient, les élections aient pu avoir un caractère politique. Cela est inadmissible. Nous n'avions ni le temps nécessaire, ni une liberté d'esprit assez grande. L'honneur national, le patriotisme seuls étaient en jeu. Dans le décret qui convoquait les électeurs il ne s'agissait que d'une Assemblée Nationale et dans la proclamation lancée le même jour par le gouvernement de Paris à ses concitoyens il est dit :

« Enfin, l'armistice qui vient d'être conclu a pour effet immédiat la convocation par le gouvernement de la République, d'une ASSEMBLÉE QUI DÉCIDERA SOUVERAINEMENT DE LA PAIX OU DE LA GUERRE. »

Voici, à cet égard, le langage tenu à la date du 11 février 1871 par l'*International* de Londres. Ce journal était à cette époque dirigé par un habile écrivain, M. de La Valette, non pas l'ancien ministre de l'Empire, mais l'ancien rédacteur, en 1848, de l'*Assemblée nationale.* Les sentiments de M. de La Valette sont bien connus de tous et ne sauraient être suspects de prévention contre la Chambre élue le 8 février.

» Une Assemblée nationale va être convoquée et en nommant ses membres, tout citoyen dévoué aux intérêts du pays doit porter ses suffrages sur les hommes les plus éclairés, les plus pratiques, les plus à même de discuter les conditions auxquelles nous pourrions accepter une paix honorable. LA QUESTION POLITIQUE DOIT DEVENIR SECONDAIRE. . . . .

. . . .

TOUS LER DRAPEAUX DOIVENT SE CONFONDRE, toutes les classes de la société doivent être représentées à ce congrès douloureux où il s'agit surtout de panser les blessures de notre chère patrie. »

A quelques jours de date, dans le même journal, nous lisons les lignes suivantes : « .... La France rentrera, le 12 février, en possession d'elle-même, et sa volonté souveraine prononcera, au nom de la nation, *sur la conclusion de la paix ou la continuation de la guerre*. C'est aussi au nom de la nation que LA PROCHAINE ASSEMBLÉE CONSTITUERA UN GOUVERNEMENT **PROVISOIRE** DONT L'AUTORITÉ RÉGULIÈRE NE POURRA ÊTRE CONTESTÉE NI A L'ÉTRANGER NI A L'INTÉRIEUR. »

Dans une brochure publiée à Paris et intitulée : *Du mandat de l'Assemblée nationale*, l'étendue des pouvoirs de la Chambre est très nettement définie : « Nous sommes à la merci de l'ennemi, dans le désordre et la ruine ; nos besoins immédiats sont l'*examen des conditions faites par l'ennemi, le rétablissement de l'ordre et l'inventaire de nos pertes.*

» *Quant à faire une Constitution, établir un pouvoir durable*, CELA NE PEUT ÊTRE NI SENSÉ NI PRATIQUE. »

Les extraits précédents suffisent pour donner une idée exacte de l'opinion générale à cette époque, et je crois qu'il serait superflu de multiplier de semblables citations, mais il est facile, si l'on veut, de parcourir la collection des journaux du 1er au 8 février et on y verra presque partout l'expression du même sentiment. Plus tard, quand le résultat fut connu, l'esprit de parti a cherché à dénaturer la signification du scrutin. On s'est alors livré sur les textes officiels à des commentaires spécieux, à des arguties bysantines, mais, pour apprécier sérieusement la portée du vote, il faut se replacer par la pensée au moment où chacun des partis était en présence sans savoir qui l'emporterait.

En résumé, les circonstances qui motivaient la convocation des collèges électoraux, les documents émanés du gouvernement, le langage de la presse, et l'intention des électeurs délimitent nettement les pouvoirs que le pays a entendu donner à ses mandataires et c'est ce que le chef du Pouvoir exécutif a si bien compris lorsque, dans l'importante déclaration qu'il fit à Bordeaux le 19 février, et à laquelle il doit, ainsi que l'a dit la *Gazette de France* : « mettre son honneur d'homme d'Etat à rester fidèle » il prononça ces paroles caractéristiques :

« *Pacifier, réorganiser, relever le crédit, ranimer le travail*, voilà la seule politique possible et même concevable en ce moment.... Ah ! sans doute, lorsque nous aurons rendu à notre pays les services pressants que je viens d'énumérer, quand nous aurons relevé du sol où il git ce noble blessé qu'on appelle la France, quand nous aurons fermé ses plaies, ranimé ses forces, NOUS LE RENDRONS A LUI-MÊME, et, rétabli alors, ayant recouvré la liberté de ses esprits, IL DIRA COMMENT IL VEUT VIVRE. »

L'Assemblée actuelle n'avait donc pas à l'origine le caractère de constituante et je ne crois pas que les évènements accomplis depuis sa réunion aient pu, bien loin de là, le lui donner. Il est surtout une circonstance qu'il importe de remarquer et qui l'empêche d'une façon absolue de s'ériger aujourd'hui en constituante ; mais, comme l'examen de cette question mérite qu'on s'y arrête quelques instants, je me vois forcé de le renvoyer à notre prochaine causerie.

---

6 août 1871.

Mon cher ami,

Après avoir reconnu que ni dans les décrets émanés du gouvernement de Paris, ni dans les circonstances qui accompagnaient les élections, ni dans la première déclaration du chef du pouvoir exécutif rien n'autorise l'Assemblée actuelle à se croire constituante, il reste à examiner un fait récent qui empèche d'une manière absolue la Chambre de franchir les limites que lui ont assignées les documents officiels et les intentions bien nettes de la majorité des électeurs. Je veux parler des élections complémentaires. Ces élections ont défrayé depuis un mois toutes les discussions dans lesquelles l'esprit de parti s'est donné libre carrière. Je ne blâme pas plus, quant à moi, les électeurs de leurs votes du 2 juillet que je ne leur reproche leurs choix du 8 février. A mes yeux le suffrage universel est l'arbitre souverain de nos destinées et il est du devoir de tout bon citoyen de s'incliner devant ses décisions. Il ne faut donc pas de récriminations stériles contre l'ingratitude ou la versatilité des électeurs, il faut accepter les résultats des scrutins en étudiant avec soin la situation qu'ils nous créent et en recherchant les mesures que cette situation nous impose dans l'intérêt de la patrie (1).

(1) Les observations contenues dans cette lettre relativement au scrutin du 2 juillet s'appliquent presque toutes au scrutin du 7 janvier. Le chiffre des abstentions a même été encore plus considérable et l'homogénéité de la Chambre est encore moins com-

Je ne veux pas, me perdant dans des questions de détail, voir si l'arrivée de nouveaux députés à la Chambre peut ou non transporter la prépondérance de la droite à la gauche. Pour rester complètement dans le domaine de la théorie, j'examinerai successivement l'hypothèse où cette majorité serait monarchique et celle où elle serait républicaine, et j'espère faire ressortir de cet examen que, dans l'un comme dans l'autre cas, il est impossible que nos représentants d'aujourd'hui tranchent avec quelqu'autorité la question gouvernementale.

Dans le décret qui convoquait les électeurs pour le 2 juillet, pas plus que dans celui du 28 janvier, il n'est question d'une Constituante. Si maintenant nous ouvrons les journaux, si nous lisons les professions de foi des candidats ou les proclamations des comités, nous ne trouvons presque nulle part cette idée exprimée. Si parfois elle se dégage avec peine, presqu'insaisissable, de certaines phrases ambiguës, la plupart du temps, même avec la meilleure volonté du monde, on ne peut en aucune façon la découvrir.

Est-il donc admissible, si réellement il se fût agi d'une Constituante, qu'il n'en ait pas été question à chaque ligne de la polémique électorale? Est-il admissible que les drapeaux ne se soient pas affirmés d'une manière bien distincte et bien claire au lieu de s'enve-

plète puisque dans certains départements les derniers résultats électoraux ont été en contradiction flagrante avec les deux premiers. Dans le Pas-de-Calais, par exemple, les élections ont été légitimistes au 8 février, républicaines au 2 juillet, bonapartistes au 7 janvier.

lopper, comme ils l'ont fait, dans des généralités parfois incompréhensibles pour la masse du public ? Est il enfin admissible qu'il ait pu y avoir un chiffre d'abstentions aussi énorme que celui qu'on a constaté lors du scrutin du 2 juillet ? Chaque électeur, malgré son apathie, aurait certainement tenu à aller déposer son vote dans l'urne, et, si un grand nombre s'est abstenu, c'est que dans la pensée de presque tout le monde, il s'agissait simplement de compléter une Assemblée que l'on ne considère que comme un gouvernement essentiellement provisoire, pouvoir légal jusqu'à ce que le pays puisse sortir de la situation précaire dans laquelle il se trouve aujourd'hui.

La Chambre renferme un nombre à peu près égal de monarchistes et de républicains et par conséquent la majorité, acquise à l'un ou l'autre de ces deux principes, serait très-faible. Elle compte parmi ses membres deux catégories de députés, nommés à six mois de distance, dans des conditions différentes. Les élections du 2 juillet enlèvent à l'Assemblée ce caractère d'homogénéité si nécessaire pour le rôle qu'elle voudrait jouer. Dans 45 départements, les électeurs ont été convoqués une seconde fois. Quelle est l'influence du dernier scrutin sur les résultats du premier vote ? Quelle est vis-à-vis de ces départements la situation des premiers et des derniers élus ? Au milieu de tout cela comment distinguer la volonté exacte du peuple ?

Il faudrait étudier, disséquer les chiffres électoraux, tenir compte dans chaque collége des voix qui séparent les élus des vaincus, mettre tous ces éléments en présence et voir alors si la majorité obtenue dans l'Assemblée est bien une majorité réelle et correspond bien aux vœux du pays. Un semblable travail, long et délicat, est presqu'impossible à faire et ne peut jamais être fait avec certitude, car il est toujours facile de grouper et de disposer des chiffres afin d'en tirer des arguments pour ou contre. La minorité, battue et mécontente, y trouverait de bonnes raisons à invoquer pour attaquer la décision qui aurait été prise et pour la frapper, dès le début, de stérilité et d'impuissance.

Un gouvernement, s'installant dans d'aussi précaires conditions, se trouverait immédiatement aux prises avec les plus sérieuses difficultés et ne présenterait aucune chance de longue durée. Non-seulement on attaquerait ses actes de tous les jours, mais on mettrait sans cesse en doute la légalité de son origine, et, à peine une révolution terminée, on pourrait craindre d'en voir une autre poindre à l'horizon.

Sachons, au contraire, mon cher ami, profiter des avantages de la situation présente. Nous n'avons pas en ce moment de gouvernement, puisque l'Assemlée n'est qu'un pouvoir de transition. Chacun des partis peut donc entrer en lutte et essayer de se faire accepter. Une Assemblée nommée spécialement pour se prononcer sur cette grave question ou la nation elle-même directement interrogée, peuvent choisir celui des principes qui leur semblera le mieux convenir au pays et chacun devra s'incliner devant cette décision. Nous pourrons espérer alors en avoir fini avec ces agitations et ces troubles qui nous affaiblissent, car, tout en critiquant les actes du gouvernement lorsqu'elle les trouvera mauvais, l'opposition ne pourra pas du moins saper, comme elle l'a toujours fait, les bases mêmes du pouvoir en contestant son origine et et son principe.

J'examinerai dans ma prochaine lettre les résultats que produirait la réunion d'une Constituante et les conditions dans lesquelles devraient se faire les élections pour cette nouvelle Assemblée.

---

8 août 1871.

Mon cher ami,

Dans nos précédentes causeries, je vous ai très sommairement exposé que l'Assemblée actuelle n'avait pas le pouvoir constituant. Je ne crois donc pas qu'il soit besoin d'indiquer les conséquences déplorables qui en résulteraient pour la France, si la Chambre voulait se prononcer sur le choix du gouvernement. Je sais bien que depuis quelque temps les mots de coups de main, de coups d'État sont dans toutes les bouches, et que les craintes qu'engendrent ces mots sont dans tous les esprits; mais le danger, si toutefois danger il y a de ce côté, ne me semble pas très prochain. La meilleure manière d'ailleurs de l'éviter, c'est de chercher le moyen légal et pratique de sortir du provisoire. Deux moyens s'offrent à nous, ainsi que je l'ai déjà dit, et il n'en existe pas d'autres : la réunion d'une nouvelle Assemblée ou l'appel au peuple.

En convoquant une Constituante, nous aurons, disent les partisans de ce système, une représentation exacte du pays, composée de gens intelligents et parfaitement aptes à se prononcer sur cette grave question politique. La nation elle-même exprimera sa volonté par leur décision, avec cette garantie que nos représentants étant gens intelligents ne se laisseront ni entraîner ni séduire, tandis que la foule est sujette à des entraînements et à des séductions irréfléchies.

J'ai résumé, autant que je l'ai pu, tous les arguments favorables à cette opinion, et j'avoue même qu'à première vue ils semblent très solides, mais je crains bien qu'au fond ils ne soient que spécieux.

Les avantages de ce système peuvent se formuler par les deux propositions suivantes :

1° Les candidats sont en général munis d'une instruction plus étendue que le gros du public, d'où il suit que les élus apprécieront mieux que ne le ferait la masse des électeurs;

2° Les élus représentent exactement la volonté de leurs mandants.

Loin de moi la pensée de nier ici les bienfaits de l'instruction et je reconnais très volontiers que le marquis de Carabas et l'avocat Patelin en savent plus long sur une foule de choses que Jean Bonhomme. Mais le malheur, c'est qu'ils arrivent presque toujours avec des théories toutes faites, des doctrines préconçues dont la France n'a été que trop à même de connaître les mauvais côtés par les diverses expériences qu'elle a faites. Ce parti-pris, ces systèmes absolus faussent le jugement et ne permettent pas toujours de distinguer les intérêts vrais du pays.

Et puis, le marquis et l'avocat ne sont-ils pas par leur position sociale appelés à jouer un certain rôle suivant les circonstances? Ces éventualités ne modifieront-elles pas plus ou moins leur opinion? Si telle solution prévaut sur telle autre, ils peuvent espérer des avantages pour eux, pour leur famille, pour leurs amis. Ces considérations personnelles ne sont-elles pas de nature à les influencer? Quand un homme se trouve placé entre l'intérêt général auquel il a le devoir de songer et l'intérêt particulier qui le sollicite dans un sens contraire, et notez que je parle ici d'un honnête homme, le devoir ne paraîtra-t-il pas parfois trop austère tandis que l'autre voix est douce et persuasive ?

Les ressources de son esprit seront toujours dans ce cas suffisantes pour justifier pleinement sa conduite, mais il oubliera peut-être la mission qu'il avait reçue de ses électeurs. Il appréciera alors la situation à un autre point de vue que celui auquel il devrait se placer s'il ne pensait qu'au bien du pays, et cette double préoccupation à laquelle il est difficile qu'il échappe lui fera tout voir sous un faux jour. Au lieu du gros bout il prendra le petit bout de la lorgnette.

J'admets parfaitement que tous n'agiront pas ainsi,

mais que quelques-uns seulement le fassent, est-ce que ce petit nombre ne suffira pas pour faire pencher la balance d'un côté ou d'un autre et fausser ainsi le véritable résultat.

Jean Bonhomme est moins instruit, j'en conviens, mais il juge souvent les choses avec moins de passion et, destiné à rester toujours, quoi qu'il arrive, Jean Bonhomme comme devant, il n'a qu'à se laisser guider par son gros bon sens qui le trompe rarement.

Le marquis et l'avocat, au contraire, ont une supériorité intellectuelle incontestable, mais certaines circonstances peuvent, modifiant leurs idées, troubler la netteté de leur vue, nuire à leur liberté de parole et d'action.

Ainsi donc, tout en ayant les qualités nécessaires pour mieux apprécier les choses que la généralité du public, ils sont soumis à certaines influences qui vicient parfois leurs appréciations.

Voyons maintenant s'il est juste de prétendre que les élus représentent toujours exactement la volonté de leurs électeurs. Cette proposition serait vraie si chaque candidat était parfaitement connu de ceux dont il brigue les suffrages, s'il se présentait en disant nettement : Je veux ceci dans telle et telle condition, je repousse cela par tel ou tel moyen. Mais, presque toujours, les professions de foi manquent de clarté, elles ne sont pas assez explicites; on sent que l'auteur y a mis à dessein des phrases ambiguës afin de ne pas heurter trop violemment des adversaires, afin de ramener des dissidents, afin de ménager un peu tout le monde pour assurer le succès de l'élection Le drapeau qu'il affecte de déployer cache souvent dans ses plis bien des ruses électorales qui ne se découvrent que plus tard. Le public ne voit jamais que ce qu'on veut bien lui laisser voir; le scrutin s'ouvre, l'urne se remplit de bulletins, le peuple a parlé et le tour est joué. Ce n'est qu'après que l'on s'aperçoit que l'élu ne tient pas toutes les promesses du candidat, mais où est le moyen de lui rappeler cette dette morale qu'il a contractée? On lui a donné un mandat souverain, son élection ne peut être invalidée pourvu qu'il ait observé les formalités prescrites par la loi. En droit il est donc bien le réprésentant légal de la majorité, mais en fait il se pourrait qu'il ne le fût pas. Et quand même il n'y aurait pas eu de surprise, quand même l'élu obéirait réellement à la volonté du plus grand nombre, n'est-ce pas déjà trop que l'on puisse croire ou laisser croire à un pareil état de choses. De semblables affirmations, vraies ou fausses, peu importe, du moment où il est permis de les formuler avec quelqu'apparence de raison, ne suffisent-elles pas pour détruire le prestige et l'influence d'une Assemblée?

Or, il ne faut pas l'oublier, la Constituante, si on la réunit, doit se prononcer sans appel. Elle devrait donc être inattaquable dans son origine pour qu'on ne puisse attaquer sa décision et, semblable à la femme de César, il ne faudrait même pas qu'elle pût être soupçonnée. Pourtant le soupçon ne se glissera-t-il pas naturellement dans tous les esprits? Ne se dira-t-on pas que tel ou tel vote a été motivé par de secrètes raisons que l'on ne devine que trop sans les connaître? Les partis écartés, pareils aux condamnés qui ont vingt-quatre heures pour maudire leurs juges, n'affaibliront-ils pas par des attaques de ce genre l'autorité de la chose jugée? Ne chercheront-ils pas, ne trouveront-ils pas même de bonnes raisons pour justifier l'opposition de principe qu'ils ne manqueront pas de faire au nouveau gouvernement? Mettant en suspicion l'indépendance des votes et l'exactitude de la représentation nationale, forts de l'appui qu'une semblable polémique rencontrera presque partout, ils contesteront ainsi la légalité du pouvoir qui se fonde et, loin d'avoir fait une œuvre définitive, tout serait à recommencer pour notre malheureux pays,

Je n'ai fait que très légèrement esquisser ici quelques-uns des inconvénients que présenterait la convocation d'une Assemblée constituante et plus d'une fois dans les lettres suivantes j'aurai l'occasion d'en signaler encore d'autres. Ce système, on le voit, peut soulever de très légitimes objections et ne donne pas pour la tranquillité de l'avenir des garanties bien sérieuses, surtout si, comme on l'a fait au 8 février et au 2 juillet, on votait encore au scrutin de liste. Ce mode de procéder essentiellement défectueux, ne fournit que des résultats souvent inexacts, et pour s'en convaincre, il suffit d'en examiner le mécanisme. C'est ce que nous ferons, si vous le voulez bien, la prochaine fois.

---

14 août 1871.

Mon cher ami,

Le régime du scrutin de liste sous lequel nous vivons actuellement n'a été que l'exhumation malencontreuse d'un ancien procédé condamné depuis longtemps et, quand j'entends certaines personnes blâmer les électeurs de leurs choix si opposés du 8 février et du 2 juillet, je pense qu'il serait plus juste de critiquer la façon dont on leur a fait exercer leurs droits. Ce n'est pas l'arme qu'ils ont entre les mains qui est défectueuse, c'est la manière dont on les a forcés à s'en servir. Le scrutin de liste est une entrave apportée à la libre expression du vote, il est un escamotage habilement déguisé du suffrage universel.

Je n'ai pas à prendre en ce moment la défense du suffrage universel, car, malgré les attaques dont il est l'objet de la part de certains partis, personne n'oserait y porter atteinte ; tout au plus voudrait-on y introduire certaines restrictions. Mais c'est là précisément ce qu'il importe d'empêcher si l'on veut conserver intact un principe qui est notre unique sauvegarde depuis que le droit divin a disparu sans retour. Le droit populaire est la règle de la France moderne, il est la base sur laquelle doit de toute nécessité reposer notre édifice politique et ce droit ne peut exister sans le suffrage universel qui en est la sanction.

L'intérêt général du pays nous commande donc impérieusement de respecter la souveraineté nationale, car c'est seulement sur ce terrain que les partis pourront se rencontrer dans une pensée commune pour éviter ces perturbations, dont nous serions sans cesse les victimes si nous ne maintenions ce principe dans sa plus complète intégrité. Et pour cela il ne faut ni suffrage à deux degrés ni scrutin de liste.

Le suffrage à deux degrés, c'est une démarcation établie entre les citoyens d'un même pays, ce sont des prérogatives accordées aux uns, refusées aux autres, ce sont des catégories séparées qui engendrent fatalement des intérêts opposés, des rivalités, des haines et des luttes. Que les privilégiés de la monarchie de juillet regrettent les *censitaires*, cela se comprend; mais faudrait-il pour cela renoncer à notre égalité politique? Faudrait-il revenir à ce *pays légal* contre lequel le peuple a fait la révolution de 1848, entraînant dans la même chute la dynastie d'Orléans qui s'appuyait sur cette institution surannée? Quelque envie que certaines personnes aient de nous faire rétrograder, on n'oserait cependant pas établir le suffrage à deux degrés. Aussi a-t-on été bien aise de se rejeter sur le scrutin de liste qui, moins absolu dans la forme est tout aussi défectueux au fond, mais des défauts duquel il est plus difficile de se rendre compte.

Dans ce dernier système, les Comités sont tout puissants, ils arrêtent la liste des candidats, ils la patronnent par les agents et les journaux dont ils disposent, ils paient presque toujours les frais d'impression des proclamations et des bulletins en un mot, ils font toute l'élection, ils disposent arbitrairement de la volonté des électeurs et cela sans qu'ils aient reçu un mandat quelconque de qui que ce soit. Ils ne tirent leurs pouvoirs d'aucune élection, ils s'arrogent un droit que nul ne leur a délégué. Un beau jour quelques personnes se réunissent, elles forment un Comité qui s'intitule, suivant les cas, conservateur ou radical, et dès ce moment, elles s'érigent en guides de l'opinion publique. Elles mettent sur le papier un certain nombre de noms qu'elles choisissent suivant leurs sympathies ou leurs antipathies, parfois suivant certains intérêts privés plus ou moins avouables, et voilà la liste faite. Voilà les candidats que devront nommer tous les gens d'une même opinion, sous peine, dit-on, de trahir leur parti. Ces Comités, quelquefois avant de lancer leur liste, réunissent, il est vrai, quelques électeurs, mais ils ont choisi avec le plus grand soin ceux qu'ils ont honorés d'une convocation. Dans ces réunions, point de discussions sérieuses ni utiles; on a eu soin de se composer une petite assemblée spéciale, disposée à tout accepter.

Presque toujours les convoqués disent amen à tout ce qu'ont fait et feront les convoquants et on présente alors la liste au bon public comme l'expression sincère et spontanée des vœux d'une importante partie de la population.

On objectera peut-être que l'électeur aura toujours la liberté de biffer certains noms et de les remplacer par d'autres ; mais cette liberté est illusoire, car les candidats substitués ainsi à ceux primitivement désignés, n'auraient aucune chance de passer, quand même tout un arrondissement voterait pour eux, puisque, n'étant portés sur aucune liste ils n'obtiendront jamais la majorité dans les arrondissements voisins, où on ignorera même leurs candidatures.

Chaque électeur ne connaît qu'un, deux ou trois au plus des noms qui figurent sur une liste. S'il veut se renseigner sur le compte des autres il ne le pourra qu'avec difficulté et devra souvent s'adresser à des gens intéressés à lui donner de faux renseignements. Force lui est donc d'accepter les yeux fermés une liste toute faite, liste composée parfois d'éléments hétérogènes ou hostiles que les hasards ou les nécessités de la lutte ont rapprochés.

« Passe-moi la rhubarbe, je te passerai le sené, » dit un proverbe vulgaire, et en vertu de cet adage, par suite des compromis et des manœuvres des comités, cette nomenclature de candidats n'est souvent qu'une Olla Podrida bizarre au milieu de laquelle il est impossible que l'électeur reconnaisse d'une façon précise la pensée exacte et les tendances vraies de chacun d'eux. La personnalité isolée du candidat disparaît dans l'impersonnalité absorbante du comité qui, seul, dirige tout, et elle échappe par cela même à tout engagement, à toute responsabilité.

Le scrutin de liste présente en outre le désavantage de grouper ensemble un trop grand nombre d'électeurs, de telle sorte que les voix se comptant par département, il peut se faire qu'un arrondissement tout entier qui aura donné presque tous ses suffrages à une liste ne se trouvera représenté en aucune façon si les arrondissements voisins font triompher l'autre liste.

Supposons maintenant que tous les candidats d'une même opinion, monarchistes ou républicains, l'emportent dans tous les départements. Voilà, dira-t-on, un résultat décisif; le pays est bien monarchique ou républicain, on n'en peut douter. Oui, mais il faut songer que nous avons plusieurs formes de monarchie, plusieurs espèces de républiques. A la Constituante, ces différentes fractions se diviseront et le jour du vote venu, si on récapitule les voix données par le pays aux députés qui formeront la majorité dans l'Assemblée, on trouvera sans doute que cette majorité ne représente plus qu'une faible minorité du pays. La décision ainsi prise sera-t-elle valable? pourra-t-elle avoir quelqu'autorité?

Ces inconvénients disparaissent en partie si l'on vote au *scrutin individuel*. Dans un département en effet où la liste monarchique aurait passé tout entière au scrutin de liste, il arrivera souvent qu'un député républicain passera dans une des circonscriptions, et vice versâ. Les divisions électorales étant multipliées, les minorités non représentées sont moins considérables et le résultat définitif répond par conséquent plus exactement à la volonté du pays.

Dans ce système d'ailleurs le candidat est plus

connu des électeurs avec lesquels il est obligé d'entrer directement en relation et qui moins nombreux, réunis sur un territoire plus restreint, sont plus à même d'être renseignés sur la valeur de ceux qui briguent leurs suffrages. Le candidat se présentant isolément, il faut qu'il fasse une profession de foi individuelle qui l'engage plus complètement que des proclamations émanant d'un Comité.

Forcé d'exposer personnellement son programme, si plus tard l'envie lui prend de s'y soustraire, il ne pourra le faire qu'avec difficulté, tandis que s'il est nommé au scrutin de liste, inconnu de la plupart de ses mandants qui n'ont pu exiger de lui aucun engagement, il pourra plus librement tromper leur attente et modifier son attitude suivant les circonstances. Le scrutin individuel présente donc aux électeurs des garanties plus sérieuses sur la fidélité avec laquelle leurs mandataires useront de la délégation dont ils ont été honorés.

Avec le scrutin de liste, si un membre d'une députation vient à manquer, il faut convoquer à nouveau tous les électeurs du département pour nommer un seul candidat. Dans ce cas, comment trouver un homme dont la notoriété soit suffisante. Presque toujours il ne sera connu que d'un très petit nombre et l'inconvénient que nous avons déjà signalé reparaitra.

De plus, cette situation présente quelque chose d'anormal et d'irrégulier. Un seul député nommé par 200,000 électeurs ne semble-t-il pas avoir une autorité plus grande que ses autres collègues nommés en bloc par les mêmes 200,000 électeurs? L'un, en effet, représentera à lui seul la totalité, tandis que chacun des autres parait ne devoir représenter que son quantième. Tout cela est matière à discussions, à commentaires et du moment où on entre dans cette voie, il est difficile de savoir où l'on va. Le scrutin de liste donne naissance à une foule de controverses qui peuvent mener bien loin et qui sont une pépinière où l'esprit de parti trouvera toujours des arguments tout prêts et de bonnes raisons pour attaquer la légalité des décisions prises.

En résumé les principaux défauts du scrutin de liste sont les suivants :

1° Les comités se nomment eux-mêmes et n'ont reçu aucun mandat, dirigeant à eux seuls les élections, paralysant l'initiative individuelle, comprimant toute action spontanée des électeurs.

2° Les listes sont souvent le résultat de certains compromis que le public ne peut arriver à connaître, et chaque candidat, sa personnalité se fusionnant avec celle des autres, en profite pour se soustraire à l'obligation d'exposer ses principes d'une façon explicite.

3° La généralité des électeurs ne peut apprécier le mérite de candidats qui lui sont presque toujours inconnus et elle vote par conséquent à l'aveugle.

4° Des fractions importantes de la population ne sont pas représentées et il pourrait arriver que la majorité de l'Assemblée ne serait plus que la minorité du pays.

Après avoir signalé quelques-uns des inconvénients que présenterait la convocation d'une assemblée constituante, et indiqué les dangers du scrutin de liste, il ne me reste plus qu'à étudier le deuxième et dernier moyen que nous puissions employer pour sortir du provisoire. J'examinerai donc la prochaine fois la question de l'appel au peuple.

---

16 août 1871.

Mon cher ami,

Lorsqu'en 1789 une nouvelle société surgit sur les ruines de l'ancienne, le droit divin disparut. Il serait injuste de méconnaitre son utilité et sa grandeur à une autre époque, car il contribua puissamment à fonder l'unité française et fut entouré de gloire et de splendeur sous François I, Henri IV et Louis XIV. Mais dans son immuable stabilité il ne voulut pas tenir compte des progrès de l'esprit humain, des aspirations de tout un peuple. Le flot de la révolution monta et l'engloutit. Si l'on songe aux évènements qui se sont accomplis depuis cette époque, on reconnaitra sans peine qu'il est maintenant impossible de remonter le courant. Les idées ont marché en avant, les conditions de la vie sociale ont changé, la démocratie coule à plein bord, suivant une expression célèbre, et la doctrine qui fut autrefois nécessaire et féconde ne serait plus aujourd'hui que dangereuse et stérile.

Le principe du droit divin écarté, le droit populaire reste seul comme la règle de notre société, et tout gouvernement qui n'aura pas été sanctionné par lui ne sera jamais qu'une usurpation dans quelque condition qu'il se présente. Rien de ce qui est fait sans sa consécration ne peut ni ne doit durer, il ne faut pas l'oublier, et nous devons tous nous attacher à ce que cette consécration soit aussi éclatante et solennelle que possible.

Or, l'appel au peuple, on ne peut le nier, est, sans contredit, la manifestation la plus large et la plus complète du droit populaire. La nation tout entière exerce ainsi directement ce droit dans sa plénitude, riches comme pauvres, patrons comme ouvriers. Il est juste que tous les votes soient égaux puisque tous sont également intéressés à avoir un bon gouvernement.

Chaque citoyen se prononce en connaissance de cause dans sa complète indépendance. Il ne s'agit plus, en effet, de candidats portés dans tel ou tel collége dont ils sont plus ou moins connus, de candidats qui, une fois nommés, pourront oublier les promesses qu'ils auront faites et qui, afin d'assurer le succès de leur élection, auront peut-être cherché à spéculer sur des questions d'intérêt local. Ce ne sont plus les candidats de telle ou telle circonscription, ce sont les candidats de la France, ce sont les divers gouvernements eux-mêmes qui viennent briguer les suffrages de la nation.

Ils sont bien connus de tout le pays qu'à tour de rôle ils ont administré, et leurs actes sont là comme les pièces à conviction de cette grande cause qu'ils plaident devant le jury national convoqué pour les juger.

Toutes les petites questions de personnalité et de clocher qui, dans les élections ordinaires, compliquent et dénaturent si souvent la question politique sont écartées. Pas d'intermédiaire entre les différents partis qui se présentent et le peuple souverain. Celui-ci choisit, comme il veut, la République ou la Monarchie, un des hommes qui ont gouverné la France ou bien même un homme nouveau. Il n'y a de cette façon ni surprise ni supercherie. Le principe qui aura réuni le plus grand nombre de voix sera, sans contestation, celui qui répondra aux vœux de la majorité puisque chacun aura eu pleine et entière liberté pour se prononcer.

Le pouvoir exécutif qui représente l'Assemblée n'a, dans ces circonstances, qu'un devoir à remplir, et s'il ne le remplissait pas il manquerait aux engagements formels pris par lui envers le pays. Il doit veiller à ce que l'ordre ne soit troublé nulle part et à ce que toutes les compétitions puissent librement se produire. Pas d'exclusions qui seraient une entrave apportée au libre exercice de la souveraineté nationale ; pas de pression, car, s'il doit assurer la liberté des élections, il faut qu'il empêche ses agents d'y prendre une part active. Aucun des partis en présence ne détient actuellement le pouvoir. Ils peuvent donc tous lutter à armes égales et les chances sont les mêmes pour tous. La victoire appartiendra à celui dont le passé donnera le plus de garanties pour l'avenir.

Et quand le pays se sera prononcé, le résultat sera net, décisif, inattaquable. En effet, lorsqu'une question est aussi nettement posée entre les différents gouvernements que tout le monde a pu connaître et apprécier, l'erreur est inadmissible et les voix données à tel ou tel lui sont bien et dûment acquises. Les partis écartés voient ainsi clairement leur défaite. Ils comprennent qu'ils ne peuvent avoir la prétention de diriger les affaires puisqu'ils ne sont qu'une minorité, et le patriotisme dont, jusqu'à preuve du contraire, il faut les supposer animés, leur impose strictement le devoir de s'incliner devant la volonté nationale ainsi manifestée S'ils se refusaient à reconnaître cet arrêt souverain, ils feraient acte de mauvais citoyens et l'opinion publique ne saurait assez les flétrir.

D'un autre côté, le parti qui aura triomphé trouve dans l'étude du scrutin plébiscitaire des enseignements utiles. Il voit d'une manière distincte les éléments qui lui sont favorables, ceux qui lui sont hostiles, il apprécie exactement la force de chaque parti, il se rend compte des aspirations de telle ou telle contrée, il comprend plus aisément alors ce qu'il doit faire pour les uns et pour les autres, il donne avec plus de certitude satisfaction aux divers intérêts légitimes, en un mot, il peut mener plus rapidement à bien cette grande œuvre de pacification de qui seule nous pouvons espérer le salut.

La décision prise par une Assemblée constituante, au contraire, ne présente ni les mêmes avantages ni le même caractère de netteté indiscutable. Le pays, en effet, ne manifeste qu'indirectement sa volonté en portant ses choix sur des intermédiaires qui ne répondent pas toujours ni à ce qu'ils ont promis ni à ce que l'on attend d'eux.

Pour connaître dans ce cas le sentiment vrai du pays, il faudrait comparer les votes de l'Assemblée et le résultat des élections d'où elle tire son pouvoir, mettre dans la balance la majorité des représentants et la majorité des électeurs, et voir si la première est bien l'équivalent de la seconde, se livrer enfin à un travail d'interprétation sur des chiffres fort compliqués et fort difficiles à établir, travail dans lequel l'esprit de parti, ainsi que je vous l'ai déjà signalé dans une de mes dernières lettres, ne manquerait pas de prendre des arguments pour attaquer ce qui aurait été fait. Un semblable travail est toujours inexact et obscur. Les vaincus n'y lisent pas leur défaite dans des termes assez clairs pour qu'ils soient forcés de l'avouer et le gouvernement nouveau ne peut trouver ni dans les décisions du scrutin, ni dans les résolutions de l'Assemblée, des indications suffisantes pour être éclairé sur la marche qu'il doit suivre, sur l'attitude qu'il doit observer vis-à-vis de telle ou telle fraction de l'opinion publique, sur les mesures qu'il doit prendre pour satisfaire aux vœux de telle ou telle contrée. Indécis, il cherche sa voie ; il tâtonne forcément, et c'est le peuple, bien entendu, qui fait les frais de cette méthode expérimentale.

Le provisoire dans lequel nous vivons a été accepté par tout le monde comme une nécessité de la situation présente, mais il faut que du jour où nous pourrons en sortir tout soit terminé aussi promptement que possible. A cet égard encore l'appel au peuple nous donne toutes les garanties désirables. Dès que le pays est prêt à se constituer définitivement, les électeurs peuvent être convoqués sans retard et la période électorale n'a pas besoin d'être de longue durée. Aussitôt que le scrutin est dépouillé et le résultat proclamé, le nouveau gouvernement peut entrer en fonctions et nous sommes débarrassés du provisoire. Le malaise et l'inquiétude qu'engendre toujours un état aussi précaire disparaissent pour faire place à la confiance et à la tranquillité et rien n'empêche alors la prospérité de renaître.

Si l'on réunit au contraire une Constituante, il faut au moins deux tours de scrutin pour combler les vacances causées par les élections doubles ou par d'autres circonstances Puis l'Assemblée ouvrirait enfin ses séances, vérifierait les pouvoirs de ses membres, besogne longue et délicate, discuterait ensuite, à perte de vue, des théories gouvernementales et nul ne pourrait prévoir l'époque ou une décision définitive serait prise. Pendant ce temps les affaires seraient presque suspendues, le commerce et l'industrie languiraient, les capitaux n'oseraient se montrer, les transactions seraient nulles et la prospérité publique irait s'affaiblissant de jour en jour.

En outre, les passions politiques travailleraient plus activement que jamais tous les esprits ; les rivalités et les haines, loin de s'éteindre, ne feraient que s'accentuer davantage encore par l'espoir que pourrait nourrir chaque parti de triompher finalement de ses adversaires Et alors, le jour où la Constituante se serait enfin prononcée, comme des espérances trop longtemps caressées ne s'évanouissent pas tout à coup sans secousses profondes et terribles, loin d'arriver à la conciliation, loin d'avoir un gouvernement durable, nous serions peut-être plus que jamais la proie des partis.

L'intérêt de la France exige aussi qu'on emploie le moyen qui sème le moins d'agitation et de trouble dans le pays, et à ce point de vue encore je crois que, pour arriver à ce but, il vaut mieux avoir recours à un appel au peuple qu'à une Constituante. Dans le premier cas, la période électorale dure moins longtemps, les électeurs ne sont convoqués qu'une seule fois, la question politique seule est en jeu sans se trouver compliquée par les compétitions locales des candidats, le gouvernement définitif est constitué en peu de temps. Dans le second cas, la période électorale est plus longue, puisqu'en tenant compte des seconds tours de scrutin nécessaires, les électeurs doivent être convoqués deux fois au moins, les rivalités des divers candidats en présence donnent un caractère plus vif et plus personnel à la lutte politique déjà assez ardente par elle-même; enfin, il ne suffit pas que l'Assemblée soit réunie pour que nous soyons sortis du provisoire.

En résumé, l'appel au peuple est la manifestation la plus complète du droit populaire; il donne au pouvoir qu'il consacre une force plus grande parce qu'il lui permet de se rendre plus exactement compte des vœux et des besoins de la nation; il abrège la période électorale ; il diminue l'intensité de la crise ; il trouble moins le pays, et, restreignant la durée du provisoire, il laisse moins longtemps en souffrance les intérêts particuliers alarmés par la situation actuelle.

Pour apprécier au contraire les résultats que l'on doit attendre de la convocation d'une Assemblée, nous n'avons qu'à jeter les yeux sur ce qui se passe en Espagne depuis la chute de la reine Isabelle. Deux années d'agitation stérile, de révolution sanglante, de perturbation morale après lesquelles des *Cortès constituantes* se prononcent enfin, portant leur choix sur un prince dont après quelques mois à peine le trône est déjà bien chancelant et qui, malgré les sérieuses qualités dont il est doué, se trouve déjà en butte aux attaques les plus violentes et les plus redoutables. Ne perdons pas de vue cet exemple frappant, méditons-le et profitons de la leçon dont nos voisins font en ce moment la cruelle expérience.

25 janvier 1872.

Mon cher ami,

Il y a bien longtemps que je ne vous ai écrit ; mais que vous aurais-je dit ? L'Assemblée, après le vote par lequel elle s'était déclarée Constituante, avait pris ses vacances et il fallait attendre son retour pour apprécier l'usage qu'elle ferait de son nouveau mandat. Près de deux mois se sont écoulés depuis cette époque et nous ne sommes pas plus avancés aujourd'hui que nous ne l'étions au 8 février, que nous ne le serons peut-être demain.

L'incertitude de l'avenir, des craintes fondées ou irréfléchies entretiennent les appréhensions, paralysent la confiance, entravent la reprise complète des affaires et nuisent ainsi au développement d'une prospérité qui nous serait pourtant si indispensable pour payer les dettes de la guerre étrangère, cicatriser les plaies de la guerre civile, relever, en un mot, les forces morales et physiques de notre malheureux pays. Nous traversons une longue crise dont les phases diverses nous affaiblissent lentement sans que jamais aucun des phénomènes qui se sont produits en sens contraire nous aient fait faire un pas de plus vers la guérison, nous aient rapprochés du but à atteindre : L'établissement d'un pouvoir définitif.

Ne sont-ce pas, en effet, des questions qui passionnent et divisent que ces questions qui, occupent journellement l'Assemblée, tels que l'incident Ranc, l'entrée du Prince de Joinville et du Duc d'Aumale à la Chambre, la proposition pour le retour à Paris, la question de l'amnistie, le projet de loi pour la restitution des biens ayant appartenu à la famille d'Orléans et cela au moment même où l'Etat pour faire face aux exigences de son budget est obligé de créer de nouveaux impôts.

Le temps se passe en discussions stériles et irritantes, en stratégie parlementaire plus ou moins habile, plus ou moins loyale. Et le pays, effrayé de la route que l'on suit, fatigué d'une situation qui loin de s'éclairer s'obscurcit presqu'à chaque pas, lassé d'attendre une solution qui semble reculer toujours, commence à désespérer de l'avenir et à croire à l'inutilité des efforts que les honnêtes gens pourraient tenter. Les nombreuses abstentions du dernier scrutin sont une preuve évidente des sentiments du peuple.

La majorité des électeurs se défie aujourd'hui des votes qu'on lui demande parcequ'elle n'aperçoit pas un but déterminé et précis, parcequ'elle est frappée de certaines contradictions étranges entre les actes et les paroles. Elle ne comprendra jamais comment une assemblée a pu mettre sept mois à reconnaître qu'elle était constituante. Elle ne comprendra jamais comment une Chambre, dans laquelle les partisans de la monarchie sont en majorité, a pu décerner à Monsieur Thiers le titre de Président de la République française. Elle ne comprendra jamais comment, dans un même département, la masse électorale tout entière ayant été convoquée plusieurs fois et s'étant prononcée dans un sens différent, les premiers élus restent encore en fonctions.

« Nous ne comprenons plus rien à la politique pour le moment, répondait l'autre jour un électeur à un candidat qui venait solliciter son suffrage ; plus nous votons, moins nous voyons où nous allons. Aussi ne vous étonnez pas si nous nous abstenons. Mais le jour où une question nette et décisive nous sera posée, le jour où on nous demandera de choisir un gouvernement, ce jour là nous irons tous voter, soyez-en certain. »

Le suffrage universel n'est plus un enfant, depuis vingt années qu'il exerce ses droits. A de très rares exceptions il sait ce qu'il veut, et il vient d'en donner une nouvelle preuve dans les élections du 7 janvier. Son vote veut dire intention bien formelle de ne pas souffrir que l'on constitue sans lui un gouvernement définitif. Quoi de plus naturel ? En dehors du droit divin impuissant à nous donner aujourd'hui des institutions durables, le droit populaire seul reste comme le dogme politique d'une société organisée sur des bases aussi démocratiques que la nôtre, et seul il peut, par l'appel au peuple, consacrer un pouvoir présentant des garanties de stabilité.

C'est ce droit dont on semblait vouloir les priver, que les électeurs ont énergiquement revendiqué lors des derniers scrutins. On ne peut pas plus dire que la France est républicaine, qu'on n'est fondé à prétendre qu'elle est légitimiste. Elle est et veut rester la France du suffrage universel, c'est-à-dire le pays où tout citoyen légalement consulté, sans priviléges, sans exclusions, sans distinction de caste ni de fortune, dépose son vote dans l'urne et se soumet aux volontés de la majorité.

La nation se rappelle qu'elle a quatre fois acclamé l'Empire par ses votes enthousiastes, et elle sait qu'il ne suffit pas d'une émeute triomphante comme celle de septembre pour effacer l'expression de la volonté nationale, quatre fois manifestée d'une manière si éclatante. Elle est convaincue, en un mot, que, pour qu'un autre pouvoir soit légalement et définitivement substitué au pouvoir qu'elle avait ainsi choisi, il faut qu'il reçoive la consécration du peuple assemblé dans ses comices.

M. Thiers lui-même paraît depuis longtemps converti à cette idée, puisque déjà devant le Corps législatif de l'Empire, dans son fameux discours sur les libertés nécessaires, il prononça ces paroles mémorables :

« Je suis né, j'ai vécu dans cette école dite de 89, » QUI CROIT QUE LA FRANCE A LE DROIT DE DISPOSER DE SES « DESTINÉES ET DE CHOISIR LE GOUVERNEMENT QUI LUI CONVIENT. » Je pense qu'elle ne doit user de sa souveraineté que » très rarement, et même que mieux vaudrait qu'elle » n'en usât jamais, s'il était possible ; **MAIS QUAND » ELLE A PRONONCÉ, LE DROIT Y EST.**

» Je pense que c'est manquer et à la loi et au bon » sens que de chercher à substituer ses vues particu- » lières à sa volonté clairement exprimée. »

Ces paroles sont l'aveu formel que ce qu'un plébiscite a établi ne peut être renversé que par un autre plébiscite, et dans son programme de Bordeaux, dont j'ai déjà eu l'occasion de vous entretenir, il a exposé la même théorie lorsqu'il a solennellement déclaré que, le moment venu, il FALLAIT RENDRE LA NATION A ELLE-MÊME POUR QU'ELLE PUT DÉCIDER COMMENT ELLE VOULAIT VIVRE.

Il est facile de constater, d'ailleurs, combien, depuis quelques mois, l'idée de l'appel au peuple a gagné chaque jour du terrain. Pendant longtemps les Bonapartistes, qui n'ont jamais cessé de revendiquer hautement ce principe, ont été les seuls à le défendre. Mais aujourd'hui il trouve dans chaque parti des adhérents et des éfenseurs. C'est là, en effet, le seul moyen de mettre in, s'il est possible, à des rivalités et à des haines qui nous épuisent, car le gouvernement ainsi nommé, ayant pour lui la majorité des citoyens, trouvera dans l'investiture populaire une force plus grande pour résister aux menées et aux attaques des minorités turbulentes et factieuses.

Pourtant il est encore des gens qui, redoutant une solution contraire à leurs idées, dominés par l'esprit de parti, rejettent l'appel au peuple dans la crainte que 'Empire n'en sorte de nouveau, sacrifiant ainsi à leurs rancunes ou à leurs espérances les intérêts vrais du ays. Mais ils ne réfléchissent pas, ceux qui agissent de a sorte, qu'une semblable conduite sert mieux la cause bonapartiste que ne le pourraient faire ses plus ardents défenseurs. Le bon sens public, en présence de ces attaques persistantes et passionnées, se demande ce qu'a fait l'Empire pour les mériter. Il regarde dans le passé, il dresse en quelque sorte le bilan de ce règne de 18 années, dont les principaux événements reviennent bien vite à la mémoire et cette étude rétrospective retrace à l'esprit de ceux qui avaient pu les oublier, les réformes et les progrès accomplis par le gouvernement de l'Empereur.

Chacun constate alors tout ce que Napoléon III a fait pour l'amélioration matérielle, morale et intellectuelle du pays. En rétablissant et en assurant l'ordre, l'Empire permit au commerce et à l'industrie de se développer et de prospérer. L'impulsion qu'il donna aux travaux publics, la multiplicité des voies de communication, l'extension du réseau ferré, la création de nouveaux bureaux de poste et de nouvelles stations télégraphiques, rendirent les transactions plus rapides et moins coûteuses.

Le nombre des chaudières employées par l'industrie française était en 1851 de 10,384. Il était en 1866 de 51,190. Pendant cette période, la valeur des importations s'est élevée de 2,028,400,000 francs et celle des exportations de 2,635,4?0,000 francs. La longueur des routes impériales à l'état d'entretien a été augmentée de 7,340 kilomètres, celle des routes départementales de 6,180 kilomètres et celle des chemins vicinaux de grande communication de 26,846 kilomètres. Quant aux chemins de fer, la longueur des différents réseaux qui, en 1851, n'était que de 3,546 kilomètres, a été portée à 16,260 kilomètres. 1,486 stations télégraphiques et 1,410 nouveaux bureaux de poste ont été créés. On comptait en 1851, 9,551 kilomètres de rivières classées et 4,902 kilomètres de canaux, en 1868, 9,623 kilomètres de rivières et 5,077 kilomètres de canaux.

Grâce à la féconde impulsion du gouvernement de l'Empereur tous ces grands travaux ont pu être accomplis et ont eu pour résultat une augmentation considérable dans la production agricole, vinicole, houillère, métallurgique et sucrière (1).

Sans se rappeler tous ces chiffres et sans entrer dans les détails, l'agriculteur, le commerçant, l'industriel constatent que ce prodigieux élan imprimé par l'Empire avait porté ses fruits et augmenté dans une notable proportion la richesse réelle du pays. Ils reconnaissent aussi que, non content de ces améliorations matérielles, le gouvernement impérial, dans sa constante sollicitude, a voulu autant que possible élever le niveau intellectuel, convaincu qu'il était que le développement de l'instruction est une des sources les plus fécondes de la prospérité publique. Pendant ce règne de 18 ans, plus de 10,000 nouvelles écoles ont été créées, plus de 28,000 cours d'adultes ont été ouverts, 12,000 bibliothèques ont été organisées.

(1) La superficie cultivée du pays a été portée en 10 ans, de 1851 à 1862, de 33,452,619 hectares à 33,910,676. — De 1852 à 1866 la production des vins s'est élevée de 28 millions à 63 millions d'hectolitres, la production de la houille s'est élevée de 44 à 122 millions de quintaux, la production de l'industrie métallurgique, de 8,500,000 à plus de 25,000,000 de quintaux, la production des betteraves de 32 à 44 millions de quintaux.

L'Empereur qui avait cherché par *la loi de* 1867 les moyens d'étendre **LA GRATUITÉ DE L'INSTRUCTION** améliorait en même temps le sort de ceux qui se vouent à l'enseignement. La moyenne du traitement des instituteurs avait été portée de 500 à 800 francs. Enfin le nombre des salles d'asile placées sous le patronage de l'Impératrice avait plus que doublé et ces établissements, qui ne recevaient en 1850 que 156,841 enfants, en recevaient en 1866 plus de 430,000. Ces efforts constants, ces réformes utiles étaient couronnés de succès puisqu'en 1850 on comptait 36 pour cent de conscrits ne sachant ni lire, ni écrire et qu'en 1868 on n'en comptait plus que 21 pour cent. (1)

Le gouvernement de l'Empereur a fait plus encore. Il n'a pas voulu borner ses efforts à l'amélioration de la situation matérielle du pays, à la diffusion de l'enseignement, il a voulu en même temps élever le niveau moral de la nation en cherchant à pratiquer et à faire pratiquer cette devise, sublime lorsqu'elle est honnêtement comprise et que tant de gouvernements se contentent de faire inscrire sur les monuments publics sans jamais songer à l'appliquer : LIBERTÉ, ÉGALITÉ, FRATERNITÉ.

La liberté, telle que la comprenait l'Empereur, n'est

---

(1) Des améliorations considérables furent aussi réalisées dans l'enseignement secondaire et dans l'ensignement supérieur. Une importance plus grande a été donnée dans les Lycées à l'enseignement des sciences, de la gymnastique et des langues vivantes. La loi de 1835 a organisé l'enseignement spécial. Deux nouvelles facultés de droit, cinq facultés des sciences, trois facultés des lettres ont été établies. Le traitement des professeurs des Lycées et des facultés a été augmenté.

pas cette prétendue liberté qui n'est que l'anarchie dans la rue, l'impuissance dans le pouvoir, qui n'est que licence pour les uns, oppression pour les autres, qui effraie tous les intérêts et tarit la source de toute prospérité. Mais il étendait la liberté individuelle lorsqu'il diminuait la durée de la détention préventive en simplifiant la procédure et l'organisation judiciaire, en établissant la juridiction des flagrants délits. Il développait la liberté des cultes et la liberté de l'enseignement. Il établissait la liberté d'aller et de venir en supprimant les passe-ports. Il proclamait la liberté commerciale qui a si puissamment contribué à enrichir les départements du Midi. Et, chose remarquable, certains départements qui ont de 1860 à 1870 si violemment attaqué les traités de commerce, prétendant que ces traités les ruinaient, viennent de se signaler tout particulièrement dans l'ardeur avec laquelle ils ont combattu le projet de MM. Thiers et Pouyer-Quertier, tendant à imposer les matières premières. Il favorisait la création des chambres syndicales d'ouvriers pour qu'elles pussent s'occuper des questions si multiples qui intéressent les classes laborieuses. Il augmentait la liberté accordée aux sociétés anonymes en les affranchissant de la tutelle du gouvernement. Par la loi sur les coalitions il garantissait la liberté du travail.

L'égalité proclamée dans nos codes n'existait cependant pas complète. En vertu de l'article 1781, la parole de l'ouvrier, du domestique était trop facilement infirmée devant la justice par les déclarations du patron ou du maître. L'Empereur obtint l'abrogation de cet article, proclamant ainsi l'admission de tous, maîtres et serviteurs, au même titre devant les tribunaux.

Il consacra le principe du suffrage universel, c'est-à-dire l'égalité politique la plus absolue, puisque le gouvernement émanait ainsi de la volonté directe et spontanée de tous les citoyens sans exception, depuis le plus riche jusqu'au plus pauvre. Napoléon III voulut en outre établir **l'ÉGALITÉ DEVANT L'IMPOT DU SANG**, car nul n'ignore aujourd'hui qu'au lendemain de Sadowa il proposa de décréter le **SERVICE OBLIGATOIRE.** Mais il fut forcé de reculer devant les dispositions du pays hostile à ce projet de loi, devant surtout l'opposition de tous ceux qui devaient quelques années plus tard, en présence de l'ennemi, faire une révolution qui a coûté à la France deux provinces et cinq milliards (1).

---

(1) Obligé de renoncer au service obligatoire, l'Empereur, d'accord avec le maréchal Niel, voulant au moins réorganiser un peu plus fortement l'armée, proposa la loi de 1868, qui, si elle avait pu être complètement appliquée, devait fournir un effectif de 600,000 hommes d'armée active, de 345,000 hommes de garde nationale mobile. On se rappelle combien cette loi, tout adoucie qu'elle fût, fut vivement attaquée par l'opposition comme trop draconienne, comme tendant à supprimer les bons numéros, et à augmenter trop lourdement les charges de l'impôt du sang. MM. JULES FAVRE, PICARD, FERRY, etc., se plaignaient qu'on voulût militariser le pays, qu'on voulût « faire de la France une vaste caserne au lieu d'en faire un atelier. » M. THIERS, de son côté, trouvait que la loi de 1832 suffisait largement et qu'il était inutile d'augmenter nos forces. Ils ont ainsi empêché cette indispensable réforme de produire son effet et aujourd'hui, instruits par les événements, nous ne reconnaissons malheureusement que trop qui, d'eux ou de l'Empereur, avait raison. Une loi, en effet, va

Je ne sais plus qui a dit un jour en parlant de l'Empereur : Il est le premier *socialiste* de son pays. Le mot est vrai si l'on entend par là que *jamais souverain ne s'est plus que lui et avec autant de sollicitude occupé du bien-être moral et matériel des classes souffrantes.*

Je trouve dans une remarquable brochure publiée en 1869, chez l'éditeur Dentu, sous le titre : *Lettre à un Electeur*, l'appréciation suivante de certaines réformes accomplies par l'Empire :

« L'abolition de la mort civile et la contrainte par corps, odieux vestiges des législations barbares que personne jusque-là n'avait osé effacer, suffirait à marquer d'honneur toute une époque. La loi pénale adoucie, la criminalité abaissée, la misère réduite, les répressions de la discipline militaire, autrefois si draconiennes, singulièrement mitigées dans une savante et libérale codification, les condamnations capitales diminuées, l'exécution des autres peines infamantes humanisée sans danger pour la société, par des lois qui permettent aux condamnés l'accès à la propriété et à la famille, la fermeture des bagnes, l'amélioration du régime des prisons, les transactions et la libération par le travail admises pour les peines encourues en matière forestière, la réhabilitation rendue plus facile et étendue à des catégories de condamnés antérieurement exclus, la révision des procès criminels et correctionnels poursui-

---

être incessamment discutée par l'Assemblée, tendant à établir le système du service obligatoire que l'Empereur essaya vainement d'implanter en France dès 1866.

vant la réparation par delà le tombeau, telle est l'œuvre d'édilité morale, d'assainissement des mœurs publiques, de régénération qui a été accomplie en quelques années et que j'aime à placer sous l'invocation de ce mot magique de fraternité, parce que la fraternité est, avant tout, le rehaussement de la dignité humaine. »

Mais là où apparaît surtout l'initiative de l'Empereur avec une persévérance qui ne s'est jamais démentie, c'est dans les secours et dans la protection qu'il n'a cessé d'accorder aux établissements de bienfaisance, aux sociétés de secours mutuels.

C'est à lui que l'on doit la création des asiles de Vincennes et du Vésinet, les améliorations apportées aux établissements généraux de bienfaisance, dont le budget qui, en 1851, n'était que de 1,272,070, avait été porté à 2,652,269 francs, l'impulsion donnée partout dans les départements aux œuvres d'assistance publique. C'est sous son patronage et sous celui de l'Impératrice que furent fondés l'Orphelinat impérial de Versailles, la maison Eugénie-Napoléon, destinée à l'éducation des jeunes filles pauvres, l'Hôpital Sainte-Eugénie, l'Orphelinat du Prince Impérial, la Société de sauvetage des naufragés, l'Asile de Longchêne, près Lyon, et celui de Lamotte-Sanguin, dans le Loiret, la Société du Prince Impérial. Afin d'encourager la construction d'habitations ouvrières à bon marché, l'Empereur donnait 300,000 francs à la Société de Mulhouse, 100,000 francs à la Société des maisons ouvrières de Lille, à laquelle l'Etat, de son côté, donnait aussi 100,000 francs.

Sous l'Empire, les sociétés de secours mutuels, dont le nombre, en 1851, n'était que 2,237, et s'élevait, en 1867, à 5,829, comptaient 862,795 sociétaires, tandis qu'elles n'en comptaient autrefois que 275,670, et leur avoir s'était accru d'une somme de plus de 36 millions.

Chaque année, sur sa liste civile, l'Empereur prélevait plus de 5 MILLIONS qu'il employait *en dons aux églises, aux communes, aux associations charitables, aux débris des héroïques armées de la République et du premier Empire, aux sociétés coopératives.* Il donnait chaque année une somme de 750,000 francs pour porter à 600 francs la pension des sous-officiers et soldats amputés à la suite de blessures reçues devant l'ennemi ; une somme de 950,000 francs pour l'entretien des grands établissements agricoles, et de fermes-modèles établis en Sologne, en Champagne, dans le Limousin et dans les Landes.

Jamais la cassette impériale n'est restée fermée devant une infortune, et rien n'égalait la générosité de l'Empereur, si ce n'est sa délicatesse dans la manière de faire le bien. Il ne se contentait pas de donner un secours matériel. **IL PAYAIT AUSSI DE SA PERSONNE.** Lors des inondations du Rhône, on l'a vu sur une barque porter secours aux inondés. Qu'une épidémie se déclare, il ira dans les hôpitaux, aux chevets des malades, sans crainte du danger, encourager par sa présence, consoler par sa parole. Et l'Impératrice l'accompagnait dans ses bienfaisantes visites et les pauvres cholériques d'Amiens et de Paris l'avaient surnommée LA BONNE SŒUR DE CHARITÉ.

Voilà l'œuvre de l'Empire et tels sont les souvenirs que font renaître dans l'esprit de tout homme impartial les attaques injustes qu'il est de mode de diriger aujourd'hui contre un régime qui, pendant dix-huit ans, a donné à la France l'ordre, la prospérité, la grandeur, et pris de lui-même l'initiative de toutes les réformes démocratiques vraiment justes et utiles.

Les mêmes sentiments se manifestent aussi relativement aux causes de la dernière guerre et aux évènements qui ont amené le 4 Septembre. Pendant six mois on a cru à tous les mensonges officiellement répandus par ces hommes ambitieux et méprisables, qui n'ont vu dans les désastres de la Patrie qu'une occasion d'escalader le pouvoir. Ils disaient que Napoléon III avait follement livré à la Prusse la France désarmée, et on les croyait. Mais depuis chacun a relu dans les journaux de l'époque les discussions du Corps législatif. On a vu alors que l'Empereur a constamment voulu une réorganisation sériense de l'armée de façon à ce qu'elle fût prête à entrer en campagne si les circonstances l'exigeaient (1) et l'on a précisément reconnu, au grand étonnement de tout le monde, que c'étaient les membres

(1) Voir à ce sujet l'excellent ouvrage de M. FERNAND GIRAUDEAU intitulé : LA VÉRITÉ SUR LA CAMPAGNE DE 1870 et la brochure de M. ADAM LUX intitulée : PROCÈS HISTORIQUE DES AUTEURS DE LA GUERRE. Ces deux publications ont paru à la

de l'opposition, les Picard, les Jules Favre, et tutti quanti, et M. Thiers lui-même (1) qui avaient entravé la réforme et paralysé les bonnes intentions de l'Empereur.

Pendant six mois sous le coup d'une invasion barbare, dans sa patriotique douleur, la France a cru à tous les récits que l'on faisait de la journée de Sedan, elle a cru aux proclamations dans lesquelles on lui disait que l'armée ne s'était pas battue et que l'Empereur s'était lâchement rendu avec 80,000 hommes, tandis qu'il pouvait percer les lignes prussiennes et sauver au moins ainsi les débris de son armée. Depuis, la vérité s'est fait jour. Les soldats revenant d'Allemagne et qui s'étaient battus à Sedan ont raconté à leurs parents, à leurs amis, cette journée terrible, la lutte héroïque soutenue par l'armée française pendant douze heures et dans laquelle on compte vingt généraux tués ou blessés, 2,000 officiers et 15,000 soldats, la trouée désespérée tentée par le

librairie Amyot. On y trouvera un grand nombre d'extraits de discours prononcés au Corps législatif par les membres du gouvernement et de l'opposition. On y trouvera un grand nombre de citations d'articles de journaux de toutes les nuances.

(1) Lors de la discussion de la loi sur la réorganisation de l'armée, M. THIERS combattait la loi et prétendait que les forces militaires de la France suffisaient et n'avaient pas besoin d'être augmentées. M. ROUHER pour obtenir les augmentations sollicitées indiquait aux députés les différents Etats d'Europe qui, comme la Prusse, pouvaient mettre sur pied plus d'un million d'hommes, et M. THIERS répondait : « Ces chiffres-là sont parfaitement chimériques..... La Prusse, selon M. le ministre d'Etat, nous présenterait 1,300,000 hommes. Mais je le demande où a-t-on vu ces forces formidables........... C'est que, messieurs, il ne faut pas se fier à cette fantasmagorie de chiffres..... ce sont là des fables qui n'ont jamais eu aucune espèce de réalité. »

général de Wimpffen qui ne put conduire les deux mille hommes qu'il était parvenu à rallier au milieu de cette déroute sanglante que jusqu'à deux cents mètres, forcé qu'il fut de revenir sur ses pas (1) ; enfin, l'IMPOSSIBILITÉ ABSOLUE OU L'ON SE TROUVAIT DE CONTINUER LE COMBAT (2).

On sait maintenant à n'en plus douter que l'Empereur à Sedan N'EXERÇAIT AUCUN COMMANDEMENT. (*Le maréchal Mac-Mahon l'a solennellement affirmé devant la commission d'enquête*) et s'il est resté au milieu de ses troupes alors que la veille au soir on lui conseillait de se retirer sur Mézières où il eût été en sûreté, c'est qu'il voulait, ainsi qu'il l'a dit lui-même, partager jusqu'au bout le sort de ses soldats (3).

Quant au courage de l'Empereur, quant à son attitude sur le champ de bataille, des témoignages nombreux et non suspects sont venus prouver qu'il s'y était comporté avec cette intrépidité froide et résolue, parfois

---

(1) Voir la lettre du GÉNÉRAL LEBRUN en date du 20 octobre 1870. « Ce que je pense, dit-il, de la proposition faite par le général de Wimpffen dans le moment que j'ai indiqué, c'est qu'il n'était pas possible d'y voir autre chose qu'UN DERNIER APPEL DÉSESPÉRÉ ET IRRÉFLÉCHI ADRESSÉ A UNE POIGNÉE DE SOLDATS IMPUISSANTS A Y RÉPONDRE. »

(2) Dans un rapport adressé au ministre de la guerre, le général DE WIMPFFEN dit : « Après un examen sérieux de la situation de l'armée et de la place, IL FUT RECONNU A L'UNANIMITÉ QU'IL Y AVAIT IMPOSSIBILITÉ ABSOLUE DE SE DÉFENDRE, et que par suite nous étions dans l'obligation d'accepter les conditions qui nous étaient imposées. »

(3) Voir aussi l'ouvrage du GÉNÉRAL DUCROT, intitulé : LA JOURNÉE DE SEDAN, pages 27 et 49.

même téméraire dont il avait fait preuve dans la campagne d'Italie, et lorsqu'il a dit qu'IL N'AVAIT PU MOURIR A LA TÊTE DE SES TROUPES, il a dit la vérité (1).

On sait aujourd'hui ce qu'il faut penser de ce fameux dessin où on le représente mollement étendu dans une voiture dont les chevaux foulent aux pieds les cadavres des soldats, et maintenant ce n'est plus dans une calèche

---

(1) Nous nous contenterons de reproduire ici quelques-unes de ces attestations :

Le JOURNAL DE GENÈVE dit : « M. Russell (le correspondant du journal anglais THE TIMES) raconte que l'Empereur a fait preuve d'un grand courage dans la journée de Sedan, QU'IL A EN VAIN CHERCHÉ LA MORT. »

Le même journal publie la lettre d'un officier supérieur français blessé à Sedan, dans laquelle il est dit : « Je n'aime guères l'Empereur, mais j'aime encore moins la calomnie.:... Il s'est bien montré et S'IL N'A PAS ÉTÉ TUÉ CE N'EST PAS L'ENVIE QUI LUI EN A MANQUÉ. »

Le TEMPS, journal de Paris, qui ne saurait être suspect, dit dans une de ses correspondances : « L'Empereur a voulu mourir. Le fait est maintenant avéré. Le mort a passé près de lui comme près de Ney, aux Quatre Bras. »

Le COMTE DE LA CHAPELLE, correspondant du journal anglais LE STANDARD, raconte dans son livre intitulé ; LA GUERRE DE 1870 :

« Après s'être porté au village de Balan, avoir gravi les coteaux de la Moncelle et traversé le ravin de Givonne au milieu d'une explosion continuelle de projectiles, IL SE MIT A LA TÊTE D'UNE COLONNE D'ATTAQUE. Napoléon III pendant plusieurs heures fut exposé aux plus grands dangers et en ma qualité de témoin oculaire, je puis garantir l'authenticité du fait. »

Le STAATSANZEIGER (journal officiel de Berlin) raconte que : « D'après des témoignages oculaires, l'Empereur Napoléon s'est exposé à un tel point que son intention de se faire tuer était évidente.

M. ALBERT DELPIT, qui est pourtant un républicain bien décidé, dit dans l'ouvrage qu'il vient de publier à la librairie Lachaud, sous ce titre : LES PRÉTENDANTS : « Il est établi maintenant que Napoléon III S'EST BATTU TOUTE LA JOURNÉE et a vainement cherché la mort qui n'a pas voulu de lui. »

que l'on se figure Napoléon III à Sedan. On le voit tel qu'il a été, à cheval, parcourant le champ de bataille sillonné par les obus qui pleuvaient autour de lui, on le voit, ainsi que l'a dépeint le général Pajol « sous les feux de l'ennemi, arrivant au milieu de cette belle division d'infanterie de marine commandée par le général de Vassoigne » on le voit « se dirigeant sur un point culminant où étaient les batteries du commandant Saint-Aulaire et y demeurant pendant près d'une heure au milieu d'une grêle de projectiles ennemis (1) » on le voit enfin sur le pont de Sedan au milieu des caissons renversés, des soldats en déroute, des habitants affolés, des cadavres amoncelés, calme et impassible au moment où un obus vient éclater sous les pieds de son cheval et renverser par la force de l'explosion deux officiers de son escorte. « *Il est extraordinaire, a dit le général Pajol, qui était présent*, QU'IL N'AIT PAS ÉTÉ TUÉ LA. »

Voilà ce que l'on pense aujourd'hui en dépit des récits mensongers et calomnieux. C'est ainsi, mon cher ami, que peu à peu la lumière se fait, que l'histoire véridique remplace la légende erronée et que l'opinion publique attribue à chacun la part de responsabilité qui lui revient.

Je me suis laissé entrainer à vous écrire bien longuement, mais que voulez-vous ? Ces souvenirs du

---

(1) Voir la lettre du GÉNÉRAL PAJOL sur la bataille et la capitulation de Sedan insérée dans le journal LE MONITEUR UNIVERSEL du 22 juillet 1871.

passé font du bien; ils consolent un peu des tristesses du présent, des incertitudes de l'avenir; ils rappellent une période pleine de calme et de prospérité pendant laquelle l'ordre régnait, les affaires se faisaient avec confiance, la richesse publique se développait, le bien-être de chaque famille augmentait en même temps que se généralisait l'instruction et que s'élevait le niveau moral du pays tout entier (1).

Nous venons, mon cher ami, de traverser des moments douloureux et terribles bien faits pour jeter le trouble et propager l'erreur dans les esprits. Mais laissons le temps achever son œuvre réparatrice déjà commencée. Tôt ou tard la vérité outragée reprend intégralement l'exercice de ses droits. Tôt ou tard les principes méconnus s'affirment avec plus de force et s'imposent avec plus d'autorité.

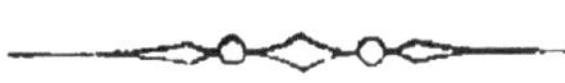

(1) On a constaté en effet une diminution sensible dans le nombre des affaires criminelles et des inculpés. Cette diminution est de 32 et 39 0/0. Le chiffre des condamnations à mort a baissé de 137 à 43. Enfin, si nous prenons la période de 1849 à 1851 et celle de 1864 à 1866 par exemple, nous trouvons pour la première 1 accusé par 5,013 habitants et pour la seconde 1 accusé par 8,719 habitants.

Ces quelques chiffres suffisent à démontrer que, quoi qu'on en dise, les mœurs publiques se sont améliorées sous l'Empire.

www.ingramcontent.com/pod-product-compliance
Ingram Content Group UK Ltd.
Pitfield, Milton Keynes, MK11 3LW, UK
UKHW021144230726
13926UKWH00002B/921

9 782014 101263